JN064100

流鶯

りゅうおう

花里鬼童詩集

土曜美術社出版販売

詩集　流鶯＊目次

一　冬の貌

二　蒼穹

三　二人の生命

四　良寛春秋

詩集 流鶯

一　冬の貌

流鶯[*1]

ぼくの庭は
この処、毎朝の流鶯で明ける
鳴き音（ね）を
庭木の枝々に強（したた）かに濡らして
その揚句（あげく）、庭一杯に行き渡らせると
確かな一声遺して
不意に姿を晦（くら）ました
そこへもって来て
昨日今日の天候の不首尾は
咲き始めた花海棠が散り急ぐわ
葉結びを解（ほど）きかけた楓が外（そ）っぽを向くわ
一体、季節以外の何の沙汰で

その立ち居を翻すのか
ま、ぼくは
何となく分かるのだ
こんな陽季になると
ぼくがしきりと
萬屋*2の客間の墨彩の影絵を見たがるからだ
あの静謐を守り続けてきた客間の前の
高い築地に架かる白木蓮や
この家の不易に生きた歳月が
閉て切った部屋の東面の障子に
鮮やかに汚れを知らず描かれる
そこに心を預けたぼくの背信が
鶩にとって、我慢のならない見切りとなったのか
せめて、あの家の庭へでも姿を見せて
萬屋百年の歴史を護っている女主に
ご機嫌伺いの

小さな啼(な)き音を聞かせてやってはくれないか

（2019・4）

＊1　春闌(たけな)わの頃、木から木へ枝移りしながら鳴き立てることを言う（講談社版『日本大歳時記』より）

＊2　山梨県の銘酒「春鶯囀」の醸造元

冬の貌（かお）

木枯らし一番がやって来るという
群（むら）がることも、広がることもなく
思い重く垂れ込めた雲は
不意の寒気を持て余してか
思案を時雨（しぐれ）に託して
街を濡らし始めた
人も車も濡れそぼち
節季の気ままに肚（はら）をたてている
山も川も、装いの繕（つくろ）いように慌（あわ）てふためき
取り乱した風景を晒（さら）して、瞋（いか）る

慎しみのないまま

かくの如く、人も自然も
好まぬ悶着に明け暮れて
そのまま、結着なしに
今年の冬の貌となってゆく

（2018・11・22）

百舌鳥（もず）

秋桜（コスモス）の季節が終わると、透（す）かさず
百舌鳥（もず）の高啼（たかな）きが空を切り裂く
普段（いつも）の朝の
仕度ととのえた空に
こんな裏切りが隠されていたとは——
目一杯、天蓋（てんがい）を高く掲げた裁量も無慚（むざん）
高啼きは霜を呼び込み
霜はこの季節を追い立てる
百舌鳥は、季節の移るまで
より高い
もっとも高い、立木を選んで留まり
いよいよ喉（のど）に磨きをかけて啼き続ける

さんざん朝を揺(ゆ)さぶった揚句(あげく)
朝が疲れ果てるのを見届けると
何の未練もなく、立ち居を捨てていく

（2011・11・8）

中鷺(ちゅうさぎ)

長い首筋が伸びると
胸元の仙人の髭(ひげ)に似た胸毛が戯(たわむ)れる
黄色い嘴(くちばし)は円(まろ)やかな頭(こうべ)とともに
そのひらひらと舞う胸毛が
泡のように膨(ふく)らんだそこに
そっと収まっている
一羽、二羽、三羽と数えて
立ち枯れた赤松の枝の九羽を確かめたが
羽を憩(やす)めたまま動かない
樹の上では
どれも枝先を選んで並び
風が来れば風の儘を枝と遊んでいる

時折、枝の上で羽翼(はね)を拡げるが
そのあたりの川辺や水田を漁(あさ)って
蛙や昆虫を挵(せせ)る姿には見えない
白の燕尾服の燕尾(しっぽ)はやや短く
嘴を戴く顎のあたりは
貴賓を窺(うかが)わせる面立(おもだ)ち
群れていなければ威厳もあろうに
その風景の儘
その儘を枝先にいて動かない
お前の名が鷺でなかったら
人は何と呼ぶだろうか

（2019・3・16）

私を咲いて

もの言わぬたくさんの花の陰で
ぼくは、独り立ち尽くしている
どうぞこのままの立ち居で
いつまでもぼくを咲かせて欲しい
まさか、きみのいない独りで
この花の下に佇(た)っているなんて
考えて見たこともない
きみと一緒になって程なく
この広場に植えられた　桜
すでに一抱えにもなって
足腰、風雪に抗(あらが)って曲がっているが
広場の空を遮(さえぎ)るように拡げた枝は

瑞々(みずみず)しい花弁を纏って満開の準備だ
きみは、咲き溢れる花の向こうで
あなたも私を咲いてと言っている
ぼくはその思いに胸を膨(ふく)らめて
独り、立ち尽くしている

（2016・3・26）

片栗

雑木林の片隅に
息を詰めたように生息している
人里を抜けて走る早春の風も
ここまで訪れることはない
陽の光も、雨水の滴りも
立ち並ぶ樹々の
木の葉洩れるだけの心配り

群生する羊歯(しだ)や毒だみ、隈笹(くまざさ)に混じって
七、八年も歳月をかけながら
ひっそりと開花の機会(おり)を窺い待つ

開花の最初（はな）は
蕾が、籠を背負った姿で佇ち
四辺（あた）り憚る気配しきり

野鳥の高啼（たかな）きに、
不意に目覚めて咲くが
咲けば、ご覧
蕾は身を裂くように六葉のかぼそい花被片（はなびら）を
外反りとなって、六方に拡げ
拡がった花被片たちは、
帯紅紫色（むらさきいろ）の面（おもて）を上げることもなく
恥じらい眠るように項垂れている
——貴婦人の匂い

貴婦人は
開花して十日余りの生命を

決して短いと悔いてはいない

（「火の群れ」１２２号）

通草(あけび)

むらさきは霜が流れし通草かな　(水巴(すいは))

霜の結びがきびしく山を襲うと
淡紫色に熟れた果実は
縦真一文字に割(さ)ける

揺り籠の中で
行儀よく横たわっていた嬰児(あかご)は
瑞々した、産毛の光る白い肌を見せて
風が運んだ子守唄に
まだ深い睡りから覚めない

躰を堅く倚せて
静かに己の目覚めを待っているようだ

（2014・11・9）

多数花

罌粟粒程の多数花が
額を寄せ合って唱っている
大きく開けた口から
各自に白い真綿の花弁を覗かせている
多数花の周辺は
赤紫の胡蝶花が
月桂冠よろしく、ぐるりと取り巻いて
競い合うように咲き誇っている
まるで、箱庭に遊ぶ子ども達を
親達が立ち塞がるように
花をつけている
悪戯な風が戯れても

多数花は貌(かお)を見合わせたまま動かず
胡蝶花だけが
真面目(まとも)に風を受けて
静かに左右に揺れている

（2013・5・28）

ぼくの鬼灯

夏の闌りに
陽射しの烈しい瘧りに抗って
満身を焔と燃えた鬼灯は
赤蜻蛉の羽音を伝える秋風を迎えると
揺すられる度に表皮の朱色を溶いて
網目模様の透け透けの繊維と化す
それはちょうど提灯を彷彿させ
中の実はローソクの灯りである
虫や小鳥の悪戯から護られて
朱色い炎を点したまま
冬の霜にも愕いた様子もない
きみ、もし不思議を覚えないときは

指の先で突ついてみるがいい
今でも人智の浅慮(あさはか)に耐えてきた果報に
恨みの臭みを放ち
いよいよやって来た季節を照らして
熄(や)むことはないから

半開*

花の半開は、
満開の未知の恐れと不満で
いささか風情を殺(そ)ぎ
微酔は、心遊ぶ趣を抑えて楽しむことなく
佳趣とは肌合いを異(こと)にしている
事態(こと)の半端(はんぱ)は、すべてよろしくない

つまり、山の頂上(いただき)を目指した旅人は
みなみな、志(こころざ)す行手(ゆくて)を外(はず)すことなく
歩みを拾って天涯に立つ
果実に譬(たと)えれば
外皮を鋼の如く纏い

種子を護って動かぬ
人智を百点として測れば
九十点をもって可とする如きは
浅慮も甚だしいと言わねばならぬ

花の半開きは
匂い、香り、ともに半分の
色、艶、態（てい）を為（な）さず
花芯燃えること覚えなし
花の半開に立ち停まるな
まだ見えぬ半分に
何を俟（ま）つか
その半分に何を恃（たの）むか

花の蕾は、花に非（あら）ず
人間（ひと）で言えば乳飲児（ちのみご）

梢を渡る風の歌を知らず
そこに戯れ遊ぶ鳥や虫たちの囁きも知らず
勇を鼓して踏み込めば
気負いの熱で
花弁が身動がぬか
半開きを解かぬか

（2019・11・7）

＊「花の半開を看、酒は微酔に飲む、此の中に、大いに佳趣あり」『菜根譚』洪自誠
著者、洪自誠は中国明代の著作家。生没年は不詳。

湯村山*の、いま

連なる山は
頂上辺（あたり）が白々岩肌を覗かせ
両肩を瞋（いか）らせて、肘を張った趣（おもむき）
稜線のところどころの尖（とが）りは
その肩先で
蒼穹（そら）を支えている
その裾野は
そこを遮（さえぎ）る町の家並を踏み固め
力んで、小さな人間の営みを睥睨（へいげい）して憚（はばか）らない
湯村山は
産み落とされてからこの方
この地の生々しい人間と自然の移ろいを

飽くことなく見続けてきたが
ともに、これ以上の耀きのないのを知って
動き出すことなく、黙したままである
山が何を背負って
何を仕出かそうとしているか定かではないが
湯村山のいまは
ひたすら、季節の節目に目配せしているだけだ

（2018・12・18）

＊　山梨県甲府市にある山

空梅雨

ことしの梅雨は
空梅雨で
蒼穹へ（そら）の立ち居は
沙汰無しの不作法となっている
これで、季節の不順の帳尻は合うが
人は、この天意を
まるで天与と心得て
易々（いい）として己の暮らしを構え
昨日と今日を取り替えている
生命は、日々新たとは言いながら
今日を
羞（は）じらいもなく掃き捨てている

限りある今日という日を捨てて
明日に何を繋げていくのか
空梅雨が明ければ
強火（ごうか）の夏だというのに

（2018・7・2）

穴山を捨てて*1

穴山を捨てた車は
新緑が急わしく匂い立ち始めた
ラジウム鉱泉増富への道を
直走り(ひたばしり)
崖の迫った右手は
峨々と競り(せ)出た岩石と
コンクリートの崩れ留めが続き
左手の渓流を望む路肩は
卯月の果てる時季を選んで
梔子(くちなし)色から鬱金(うこん)へと色彩(いろどり)を変えた山吹が
砂埃りに塗(まみ)れて燥(はしゃ)いでいる
穴山で満開を見た染井吉野の桜が

神戸（ごうど）あたりでは二、三分咲き
そこから先の山桜は
みなみな蕾を堅くして季節遅れを瞋（いか）っている
塩川ダムの湖面は
生真面目に磨いた鏡の面（おもて）を見せて
しばらくは昼寝から覚めそうもない
やがてラジウム鉱泉へ迂回する道を
黒森へ抜けるT字路に差しかかると
ここの空が
人の歩みを喜ばない道と
新緑に届かない真（ま）っ黝（くろ）な森を抱えて
浅い春の遅い足取りに苛立（いらだ）っている
目指す五郎舎（ごろうや）*2はもうすぐそこで
北杜の季節を含羞（はじらい）深く装（よそお）っている筈だ

（2019・3）

*1　山梨県韮崎市の町
*2　「五郎舎」は北杜市にある民宿

藤岡*のホテル

藤岡の山懐(やまふところ)のホテルの
大きな引き戸の窓を開けると
細い道を隔てて
視界の届くところ三辺(さんぺん)が
山の連なりを見せてホテルを抱え
新緑は幾層にも彩りを替えながら
常に衣裳を新調している
新緑は下層から色(いろ)調濃く
上にゆくにしたがって
風と小鳥の声に磨かれてか薄くなり
天辺(てっぺん)は槍の穂(ほ)尖(さき)のように光っている
手近の山裾は

水が噴き出して
子守歌のような水音が幽(かす)かに聞こえてくる
ホテルは、この
揺(ゆ)することを忘れた揺り籠の中で
午睡の最中だ

（2018・4・23）

＊　群馬県渋川

春は明けたが

ＭＯＭＯ*への路を急ぐぼくに
不意に、今日は
春が明けたばかりだというのに
キラキラと初夏の陽季を見せている
この拵えたように
季節の変わる初々しい景色に
ぼくはまぶしさを覚えて周章(うろたえ)
遠近乱視の眼(まなこ)を
しばたたかせて、立ち停まってしまう
ＭＯＭＯよ
約束の時刻(とき)を違(たが)えて、ごめん
せめて、この動けない事情を察して
許して欲しい

団地と田圃を挟んだ堰の脇には
タンポポがにこやかに綿毛を翔ばし
露草は水滴のような水色の花を揺すっている
堰の道から本通りへ出ると
すでに並木の公孫樹は
蛙の水掻きに似た小さな葉を一斉にひろげ
背伸びもままならぬ花水木は笑いを堪えている
どこの家の庭にも
チューリップやパンジーが
そして喇叭水仙までが
線香花火の火花を咲かせている
そう言えば背黒鶺鴒まで
水の瀬を忘れて
満艦飾の道端へ飛びだして踊っている
MOMOよ、だから……

＊　亡妻の愛称

（2015・4・22）

喪中時雨

時雨がやってくる頃になると
喪中のハガキが雨霰(あめあられ)のように降ってくる
ぼくの傘は
戦中からの時代物のため
骨も柄(え)も不具合(がた)が来ているので
雨脚に押されて歪(いびつ)になってしまった
傘は開けば広がったまま
窄(つぼ)めば身を堅く開かず
いっそ傘を諦めて
喪中時雨にまかせて濡れたままになろう
濡れたままで行って
そのままいけば正月に突き当たる

（2014・11・21）

二　蒼穹

白いハンカチ

白いハンカチがある
白いハンカチが裏表合わせて畳まれている
折り目正しく畳まれた気密には
四角い底意（そこい）が睡（ねむ）っている
白いハンカチは
洗剤をかけさえすれば汚れを落とし
何度も繰り返し
繰り返せば
乳児の歯の皓（しろ）さに戻る
あえて、光って熄（や）まないハンカチを
しっかり畳み込んだ理由（わけ）は、何か
白いハンカチを掌（てのひら）のように広げても

鳩なぞ出てこない
それより、
色をかければ
声もなく何色にも染まってしまう
その家令の如き従順は何か
で、白は純粋であるか
で、白は清潔であるか

（2020・1・16）

貫(つらぬ)く

鼻っ柱は
意地だけで立っているか
血(け)っ気で、鼻翼が拡がり
理屈の数で鼻筋が通るか
暗闇で、いきなり鼻を抓(つま)まれて
気息はととのっていられるか

こいつが、通りが曲がる程叩かれて
涼しい顔でいられるか
千万人といえども
ただ一人が貫けるか

鼻は、羽織の紐のように
結んで安定して供わっていればいいか
あれは飾りものではない
では、何か

鼻っ柱の根っ子は
気位だ
どこにいても
そこに塗（まみ）れることなく
動かない
盤石の如く動かない

（2019・3・3）

蒼穹（そら）

重い雨雲が
一斉に風が払われると
その上に、玻瑠（はり）と紛（まが）う耀いた空が
歳月を深く隠して現れた
一点の汚れない空は
地上の哀れな傲（おご）りに
欠片の障りも見せない
人の
政（まつりごと）の
騙しの
情けの
なんと、なんと卑小なこと

この世の言葉の豊穣故の
憐れな諍いに
蒼穹は身を切って塵を払い
星の存在を明かさない

（2018・12・28）

展望

前のめりはいけない
前傾している己（おのれ）を引き戻せ
足許の見えぬ姿勢は
足の拾いだけしか見えぬ
生命と志（こころざし）を均質に規律させ
引き返しのならぬ歩みの趣（おもむき）を探れ
この姿勢で
どうやら次の世が一望できないか
足許の呼吸に知覚が蘇（よみがえ）ったら
ゆっくり、ゆっくり
焼けて我慢のならない爪尖を
けんけん突き出して行け

（2020・1・27）

言葉

ご挨拶の前に
やっておくことがある

この頃、こいつは
並の言いっぷりでは通じない
怒りが座っている
これが新聞と言わずTVと言わず
日常の運びですが
破壊(こわ)れかかっている
思い切って
真赫に灼ける火を通すかして
こいつ、作り直してみる

煙を上げる程の灼き上がりを
刻を措くことなく
ハンマーで叩く
腰をしっかり据えて
ハンマーで喰らしつける
世間の風を舐めない中に
敵のごとく叩きのめす

永年にわたって
胸に支えて肚に据えかねた
鈍ったままの鋼を
性の付くまで叩く
形は元々ととのっていても
性根の「生」を叩いて
歪を直す

こいつの、向きの問題や加減ではない
黴が生えても動かぬ芯の処を

百年、二百年眠っていた
呼吸遣いのところ迄届くように
ぶっ叩く
正味の爛れた思いを敲きのめして
まずはおさまらぬ怒りの趣を抑え
だれが見ても動かない
根性の風合いをガチガチと整える

（2011・10・22）

五感のうた

この際、ぼくら
五感を磨くことに努めよう
予感に触った不安と不信は
ことごとく、感性にとどめず
生命に正確に伝えよう

この国の宰相が今、声高に叫ぶ
安心安全のための戦争装備の完備
「一億総活躍」などという国家総動員体制の虚構
つい先の世紀で、他国を蹂躙して来た体質が
鮮やかに、さわやかに一強を作った危険

ああ、そこに軍靴がきこえないか
そこに硝煙が匂わないか
「自由」の文字が消えた教科書はないか
餓(うえ)に鍵がかかっていないか
赤紙*が、たなごころで泣いていないか

この際、覚悟の五感を磨こう

＊ 大日本帝国時代の徴兵令状

前へ

ここまで来たら
身体(からだ)を退(ひ)くな
ほどほどで停まりかけた脚が
今の位置から些(いささ)かでも躙(にじ)れば良しとして
そこを歩みとせよ
思案を先に立てると
趣意(おもい)を損(そこ)ねることとなる
もう行き着くところまで
その趣(おもむき)に縋(すが)ってでも歩み出せ
得るものを宛にした脚は
急ぎの余りの躊躇(ためらい)をもたないから
踏み違いが分からない

脚を目にするな
脚に口を嵌(は)めるな
無私で志が貫けるか
根性で志を引き摺れるか
ここまで来たら
頭(こうべ)を立ててその儘を歩め
ひたすら前へ

（2019・8・15）

浮いた足

せっせと歩いて来て
足が宙に浮いた儘
着地が容易でないことがある

道を拾っていて
我にもなく、大事な人の行く末を思案して
思案が余ったとき
ふっと、踏み出そうとした足が
力みもなく上がるが
上がったのではなくて
ふわっと、浮いた感じ
だから、そこからすぐと踏み込めずにいる

迷いや躊躇(ためら)いでなくて
支えている足は
次に踏み出す気遣いなく
浮いた足の行方を追っている

浮いた足は
何の負荷も覚えない儘
知覚なしに地面(じべた)に下(お)りる
すると、二の足は歩みの意思を忘れて
ふわっと我に返る

（2018・12・18）

三輪車

重心は
三輪に均質にかかっている筈だ
それで、安定は良いか
乗るという程の姿勢はなくとも
跨ぐだけの雑作で
目指す方向へ赴くことができる
それだけの自由を持ちながら
サドルは小さくないか
尻は、左右に等分に架かるか
両の腕が
分不相応に、一杯にひろげたところに
握りが固定されている

右の握りの傍に
ベルは、温和しく収まっているか
それより、オイルの湿りを忘れて
よもや肝心のときに鳴らないことはないか
問題はペダルよ
だれの脚にも踏み易く出来ている替りに
どの力も、懸けた重量を
前輪に正確に伝えはしない
だから人は
瞬発に賭けて、尻を上げ
腰が大腿骨に死ぬ程の反動を浴びせ
息急き切って漕ぎ出すのだ
漕ぎに賭けた執念だけ
しかし、前輪が後ろを運ばないから
後輪は前輪程の威勢はない
こうなれば

乗り心地なぞは二の次だ
三輪はどれ程精巧に作られても
所詮、乗り手の器量を走らない
後戻りを知らないから
訳もなく前へ進むことに
いつもいつも怯(ひる)んでいる

(2014・10・2)

上（うわ）の空

空が
遅い秋の
透明の光を身に纏（まと）う頃になると
里の家々の庭先には
コスモスの花が咲き満ち、溢れる
この時季
村外（はず）れや、街の四つ辻に湧いていた
炒（い）り豆の弾（はじ）けるような子どもたちの叫び声が
ぴたり途絶えて
コスモスは遊びをやめた
そうすると
雲からも見限られた空は

恥ずかしさに絶えかねたとは言え
慎ましさも忘れて
有(あ)られもなく取り乱して
寒気を誘い
雨や嵐を使嗾(しそう)して瞋(いか)る
子どもたちが
迷わず指をさして見上げていた先は
すでに、動かぬ紅葉の山に集まり
気候に与(くみ)して憚(はばか)らぬ上の空は
どこからも見捨てられて顧(かえり)みられない

（2019・9・26）

人の、その儘

人の痛み患いは
筋肉と臓腑があってのこと
生命の緩(ゆる)み、余りを求める卑しさが
常に体内を肥やしたがる
心(しん)の臓を始め
胸、腹、尻、四肢
頭蓋の下の脳味噌からして
己に無いものを
しきりに求めて已(や)まない
己の纏っているすべてを
羞(は)じらいなくかなぐり捨てられるか
いっそ、骨と皮ばかりになれるか

骨と皮だけの体軀を
毅然とととのえて
人格を、意地の突っ張りで自立できるか
恃まず、倚らず
窺い、計ることもなく
己を空にして見よ
障りの拠るところが無い筈
斯くして、人のその儘が遺ることになる

(2018・8・29)

面は伏せず

赤貧でも、胸張って歩く
吹けば飛ぶような痩身でも
真向かう風に全身を晒し
衣服が飛んでも身一つが遺れば
顎を引き
面は伏せることなく
眼をギラギラ燿(かがや)かして
歩幅、やや控え目に
呼吸は小刻みに、絶やすことなく
年齢(とし)相応の速度と
転倒(ころば)ぬ用心で歩みを拾う
何は無くとも

いま抱いているもののなんと重いこと
この世にだれも持たないものを
抱えて離さぬから
抱えている間は誰にも見えぬ
だから、手離しにはせぬ自戒
いたずらにそれを覗かせるな
自信に仕掛の心算がなくても
積もりに積もった、燃え爛れた重量
二進も三進もいかなくなれば
予告無しに炸裂するばかりの火口
だから、決して
面は伏せず
貌の色も変えず
真っ直を目差すばかりの愚直

独り

独り暮らしを孤立させぬ
己に逆らう己をそこに置いて
拮抗・対立させる
絶えず在来の己を動かぬ
そこをいちいち確認する一存を
他者の己に問うてみて
その可否を確かめる
その日常をきびしく離れない
心底、独りとはそんなものだ

いつの間にか

ぼくは、ぼくの身中（みうち）に余る思いに
懸命に寄り添おうとしたが
そこから歳月を盗もうと企んだ奴がいる
親切ごかしに明日を差し示し
溢れんばかりのサービス・メニューを披露する
特上の香水を振り撒いて
絵に描いた餅を持参している
ぼくを夢見心地にしておいて
上着を脱がし、武装解除を試み
明日の先に思いが巡らぬ中に
いつの間にか身ぐるみ剥がされている
警鐘の鐘もとっくに盗まれている

彼奴らがここまで思い上がった上は
のさばった上は
われら足踏みの場合ではない
次のステップで
遁げ足速いあの盗っ人の足許を掻っ払う
蹴上げる力を溜めているのだ
身中に余る思いは
あいつらのお為ごかしを粉砕する
知恵を溜めているのだ

（2018・11・6）

白昼堂々

——戦争の犠牲になった兄への報告——

太平洋戦争が終わって七十二年
「聖戦」という名の
侵略戦争で失われた無辜の死者は
兵士二百十三万人、一般市民六十七万人*1

戦後の、家族離散・飢餓・放浪で
寄る辺なく死んだ人、数知れず
これら三百万人に余る怨念は*2
どのように癒されてきたか

聖戦という思想を装った

「靖国」に祀(まつ)られたものも祀られなかったものも
いずれも戦争の責めを負わされて
魂(たましい)の安らぐ暇(いとま)もないのに

今また、あの戦(いくさ)を奨(すす)めた人たちが
米国製戦闘機F35Bを乗せる
自衛隊「いずも」型護衛艦を航空母艦化する企図
国会という白昼明らかになった真っ赤な変節

＊1　旺文社文庫『証言・私の昭和史』№5（厚生省援護局調べ）より
＊2　平凡社ライブラリー『昭和史』半藤一利著作より

三　二人の生命

ちょっと留守

ＭＯＭＯをお訪ねですか
ＭＯＭＯは、もうぼつぼつ立ち帰る筈ですが
かれこれ四年は経ちますもの
あれは、必ず約束を守る人です
行って来ますと言って
ぼくの手を握り直して行きましたから――
本当は、ぼくの手に遺した温もりが
冷めない中に帰ることになっていましたので
何んぼ、ぼくとの終の棲み処を探すとは言え
そうそう遅くなることはありません
ぼくは、その時の
ＭＯＭＯの手が遺っているその手を

その時の儘、握りしめていますから
一度勁く握りしめに立ち戻るまで
その手を、その儘
坩堝のように灼けたポケット深く、入れているのですよ
MOMOは只今、ちょっと留守をしているだけです
お生憎様でした

(2019・7・4)

二人の生命

——MOMOへの便り——

老いることは
天に通ずることだよ
加齢は、その手がかりだ

心身のすべてが疲れ果てたお前を
いままで
さまざまな試みで熾（おこ）し続けたが
ここまでが精一杯
心地よい睡りに倚（よ）って
遊びに酔いたい趣（おもむき）
ぼくも根負けして手を貸すことにした

この期に及んで
意地も見栄も無いものだ
後に傷のように遺る悔恨と寂寥に
強(したた)か苛(さいな)まれることを覚悟して
泪(なみだ)をすでに喪(うしな)ったお前の
幽かな現世(うつしよ)への憶(おも)いに縋(すが)って
呼吸を合わせて、二人の生命とすることにした

老いることは
天への道標(みちしるべ)
加齢は、天への手がかりだ

（2019・7・7）

二人の、独り
――不在ではないMOMOへ――

年の瀬の心忙(せわ)しいのは
この世のことだけだろうか
きみがいるというあの世は
何もない、
無為・無辺の世事か
現世では、いつもきみに急かされて
越年の挨拶を認(したた)め
我が家の行く末と
きみや子どもたちの清福に
深いふかい思いを繋いでいたのに
いま、掌(たなごころ)に何もないぼくの忙しさは

いったい何を頼りに、それを支えたらいいのか
嘆きもなく
羞らいもなく
そこにぼくが在るだけの、生命
動かしようのない、超えようのない
逃(のが)れようもない
跳ねようも後退(あとじさ)りもならない
きみのいない、ぼくの独りが在るだけ
新たに年を迎えるというが
それはきみとの立つ瀬が遠くなるだけ
それをそれ、どうしたものか

（2018・1・13）

告白

卯月に別れが近づいた団地の裏路（うらみち）
ＭＯＭＯのいる施設へ急ぐぼくの真向いに
こんもりと新緑の小山が
幾重にも連なって展（ひろ）がっている
早々と鶯色に染まった小山は
すぐ後ろに聳（そび）え立つ山が
両脇を大きく拡げて抱えているが
山肌は黝（くろ）ずんで
まだ、ところどころに
散り逸（はぐ）れた山桜の淡いピンクが塗り残っている
ＭＯＭＯよ
君が同棟（なかま）といる食堂からも

多分見渡せるこの山は
初夏を急ぐ季節を避けて
まだまだ、春の目覚めの居心地を
贅沢にも味わっているようだ
ぼくがこの路へと急ぐのは
きみへの面会のためばかりではないことを
この際、正直に告白しよう
実は、この風景に出会すくわす至福に
ぼくはついつい酔ってしまうのだ
しばらくはきみを忘れて
見惚れてしまうのだ

（2015・4・22）

だから

喩えばですよ
喩えば、深い谷間を身を切って走る
透き徹った水や

高い木立が寄り合う山々の
空を限っている辺りを渡る
小鳥の羽搏きに戯むれた風が

あるとき、砲煙や銃弾に汚されたら
歌声は響き合うことを怖れて
行き場を逸れてしまう

だから、私たちの水や、木立や、風は
私たち色の水や木立や風でなくてはいけないない
喩えばですよ

どうしようか

眠り続けているきみの脚は
拾いの運びを
かわいい花柄の、細身の杖に委ねて
踏みしめる杣路の
普段の有り様に合わせて
行き暮れる陽を留めた十谷路は
真っ紅な楓の彩りに馴染んで
迫り来る寒気に耐えている
きみは、長い睫毛の奥の瞳を
深い愁いに染めて見せると
十谷*は晩秋に昏れ染まる
夕餉の跫音に愕いて

手を添えてやろうと
そっとぼくの手を送れば
きみの小さな肩は
泣いているように顫えている
きみに差し延べた手の行方に困ったぼくは
声も上げられず
どうしようか、どうしようかと
一緒に停ち尽くしている

（2019・11・20）

＊　山梨県富士川町鰍沢の部落

呑む

膝に置く拳(こぶし)に覚悟が坐ってる　冬眠*[1]

牧水*[2]は
朝、昼、晩と酒を日に一升呑んだ
ぼくも若い時分
約束のない明日を持て余して行き昏れ
この上の、灯し続ける生命を
どのように遣っていくのか
油の切れた余命で
現世を背負い切れるか
この地球に

すっかり汚れちまった朝は要らない
と、そこで一献傾ける
思い溢れた血潮は
容易に収まらぬので
収まるまで盃を重ねる
結果、若き日の牧水同様
朝昼晩と設えた一日を
目一杯飲ることになる
理不尽を遠避けて
懸命に明日の日まで呑んでしまう

（2020・1・27）

＊1　筆者の雅号
＊2　歌人若山牧水

申し開き

あれは
あなたと初めて五郎舎へ行った日でした

あなたの住む町から
二時間半もかかる道程で
途中、瑞牆湖で小憩をとりました
湖面が見渡せる見晴台（みはらしだい）は
道端からは下に石段が三十段程ありました
案内役のぼくの姪たちは
ぼくがあなたのお守り役で
あなたの手を導（ひ）くことに安心してか
睦まじい道連れに気を廻してか

連れ立って先に降りてしまったので
足許を確かめて石段を拾っているあなたの
ぼくはちょうど左脇
一段上にいて
あなたの視界に入る位置で
無意識に、心配の右手を差し延べたのですが
あなたはぼくの右手を
ほんの一瞬見やると
その浮いた視線を
直ぐと足許に移して
躊躇(ためらい)なく、一足一足探るように
見晴台に降り立ちました
ぼくは、行き所を失った
やや、恨みに塗(まみ)れた右手を
右脇にしぶしぶ収めると
独りになったぼくが

あなたに遅れて降りました

あのときのあなたは
あれはぼくへの遠慮だったのでしょうか
それとも羞じらいの困憊（こんぱい）だったのでしょうか
不躾け不謹慎のお咎（とが）めだったのでしょうか

ぼくの、いまだ覚めたままの自戒の右手に
こっそりとでいいですから
申し開きを願いたいのですが

（2018・1・26）

大柳川（おおやながわ）

十谷の鬼島[*1]から登って
白沢部落に入ると
その最初（はな）に、置き忘れられた古びた四阿（あずまや）[*2]がある
冷たい石の長椅子に腰を下ろすと
ちょうど番傘[*3]を差し延べたように
若い楓の紅葉が
昼下がりの柔らかな陽差しに踊って
朱、黄、緑のグラデーションを鏤（ちりば）め
一葉一葉の葉末にまで光を透（とお）して
梢の先を捩（よ）じて見せる
風も無いのに梢が揺れるのは
足下を走る大柳川の渓流へ誘（いざな）う

きみの、優しい眼差しに耐えかねた楓の含羞（がんしゅう）
ここへきてぼくが寡黙なのは
きみへの言葉を選んで疲れ果てたせいだ
きみよ、この上はともに手を執って
幾多（あまた）の小石を分けて烈しく走り去る
この川の飛沫を、したたかに浴びてみようよ

（2019・11・20）

＊1　鰍沢の部落
＊2　阿舎。柱だけで壁のない建物
＊3　油紙を張った実用的和傘

また、大柳川

そうだ
あれは、鰍沢の白沢を訪れた
秋口の、大柳川畔の出会いだ
どちらを向いても
紅葉黄葉が輝いて
山々は生まれ落ちた儘の装いを
きびしく競い合っていた
だれもいない
きみとぼくだけの
日本の秋の中にいた
手を執り合うでもなく
肩を寄せ合うでもなく

零れ溢れる秋を
二人で、限りいっぱい浴びて
尽き果てる様子のない
透き徹る日盛りを
四阿の石のベンチに腰を落とした
大柳川を挟んで
両側から迫る山は
次の季節を寄せつけぬ嶮しさを見せて
荒々しい岩肌を剝きだし
その上の、梢の先を揺さぶって熄まない
ぼくらは
この尖った秋に呑まれて
しばらくは声もなく
さやさやと足下の渓谷から立ち昇ってくる
乙女の裾捌きのような気配に
陶然となって、川上を追い眺めるばかりだった

白沢は昏れるに早やい、秋の果て
ぼくらはただただこの季節に縛られたまま
身動きならずにいる

（2020・1・27）

留守

甍（いらか）を高く掲げた門に続く
見上げる窓の設（しつら）いの倉の棟に
肩を並べた築地（ついじ）から
白木蓮が慎しみ深く手を差し延べて
主（あるじ）の留守を預かる貌（かお）を覗かしている
木蓮は母屋の客間に向かって
花弁（はなびら）を堅く張り
振り返ることもしない
この屋（や）の構えは
明治大正の余香を抱えて
その来歴を隠さないが
古色（こしょく）の染みは頑（かたく）なに見せない

主の留守の鎮もりを守って
歳月・時刻の訪い無き成り行きに堪えている
いつもの小鳥たちの囀りも
花々の開花さえも抑えて
ここには
跫音忍ばせて渡る風さえ遮っている

（2019・6・10）

三回忌

孤独な深山の渓流に
若鮎が跳ね返る頃になると
元一郎、ことしは三回忌を迎える

三回忌を迎えるきみの母親は
またまた、乾き始めた袖口を
しとど濡らすことになる
きみが逝ってしまって
でも、母親だけが思いを新たに
苦い嗚咽を噛む訳ではない
きみに「おじさん」と呼ばれてきたぼくだって
三度目の、薄い胸を痛めている

きみを知るたくさんの人が
たとえば瑞牆山の麓の割烹旅荘五郎舎で
今も忙しく立ち働く
高校時代の同級生だったあやめだって
ぼくの三人の娘たちだって
みんなみんな眦（まなじり）に熱いものを寄せて
きみのいない哀しみに
極細（かぼそ）い吐息を漏（もら）すのだ
人の世に
こんな淋しい落としものをしていったきみに
きみを知るみんなが
恨みがましい愚痴を
てんでに零（こぼ）してやまないのだ
元一郎三回忌
こんな日が巡って来ても
生きて蘇（よみがえ）ったきみに会えない限り

両の手が、胸の前で合うことを
にわかには
素直に肯（がえ）んじないのだ
それとも三度目の正直で
元一郎、こんどは本物のきみが還って来るか

（2018・5・31）

逃げた町

零れるばかりの黄葉を
幾重にも重ね合う山
その連なりの、重なり合う間から
湧き上がる濃い烟霧が
鷲摑みで圧し固めた雲となって
横へ引き摺るように遊泳している
昨夜の時雨の名残が
まだ訪れない楓の葉末に
小さな灯火の輪の及ぶ範囲の
人の通わぬ道路は
びたびた寝汚なく濡れっ放しである
時雨の向こうの

小高い崖上(がけうえ)の家々は
窓のカーテンが堅く閉じたまま
なんとここには、人(ひと)っ気(け)が無い
暮らしの匂いが無い
今日の影が無い
町は、裸足で逃げ出してしまったようだ

（2019・11・29）

モリさん

（I）

――すると
モリさんは、足早に逝ってしまった
季節の風合いで
でも、予感を少しも落とさず
ぼくの視界を素速く抜けると
八十八年の歳月の中
ぼくとの出会いの、四十年の泡沫（うたかた）を
あの優しい微笑みだけ遺して
さよならも言わず逝ってしまった

（Ⅱ）

出自も、若かった時代の経歴も知らない
しかし、半世紀に及ぶお付き合いで
太い眉の下の
大きな眸は、変わらず柔和のままだ
あの眸に魅(ひ)かされて
識らず学んだ処世の触れ方
羞じらい生きる、肩肘(かたひじ)の悲鳴の癒し
モリさんは、決して無駄話には乗らない
モリさんは無愛想でも
頑固でもない
尖(とが)った大きく張った顎に
小児の純真な羞恥(はにかみ)を隠している
一度お酒が入るや
俄然、博識に火が点いて

中国四千年の壮大なロマンに
強(したた)かに酔い知れ
李白、杜甫、白楽天に、全身溺れ
ふと目が覚めれば
カラオケの「唐獅子牡丹」のマイクを握る
そのモリさんが二度泣いたのを見た
初めは長男を交通事故で亡くしたとき
二度目は奥さんの死だ
声もなく、八十キロの身を捩じて泣いた
モリさんは、一刻
残された娘さんと二人の孫を抱えて
途方に暮れて泣いた
夕焼けと向き合って
先だった二人の死で、零し損なった涙を
大きな目一杯に溜めて泣いているのを見た

憤死

ぼくの恋人は
とても健康ですが
神経がことの外細やかで
小鳥の躰のように傷付き易いのです
謂(いわ)れもなく、心の裡を覗かれたり
人の言葉尻に火を掛ける
卑しい心根には
たちまち参ってしまうのです
ちょうど、夏の夕べの
打ち水に追われた風のように
行き場を失って、打ち萎(しお)れてしまうのです
いつもいつも、猫柳の銀鼠(ねず)色の

綿毛の花穂の先のように
やわやわと尖っているのです
だからぼくは
そんな恋人に
後向きでいいから、前へ歩めと言ってやるのですが
如何なる風も、意地の悪い雨も
霽れた日に、天気を譲らぬことはないからと
よくよく言い聞かすのです
そんな恋人は
待ち侘びた晴れの日がやってくると
ぼくをすっかりわすれて
大好きな「ハートにキック」の歌を唄いだすのです
ぼくはぼくで
恋人のその満面の微笑にキックされて
敢えなく憤死してしまうのです

（2018・5・31）

酒寮　まさこ

風に吹かれて迷い込んだ木の葉のように
まさこの暖簾(のれん)を分けると
客は
酒が入る前に、大方は酔ってしまう
それは
店の中を吹いて渡る
主(あるじ)まさこの
歯に衣(きぬ)着せぬ啖呵の旋毛(つむじ)風だ
志弱き者へは炎のような気合いと
心邪(よこしま)な者へは鎖噛ませた鞭を
容赦なく浴びせて止まない
鼻っ柱は

叩かれれば叩かれる程強靱くなる不思議
滑らかな口説毒舌は
眼の棘がとれるまで収まらぬ
正義と愛に触れると
忽ち溺れる
身も世もなく、全身で溺れる
店のお品書きには
「まさこ　時価」とある

（2015・3・1）

足踏み

――M・H氏に贈る――

あなたが米寿を迎えたと聞きました
百歳が目睫だという
偉い見晴らしのいいところへ来ましたな
峠の先は
息災が期待されそうですか
ぼくも、来年は
あなたと並ぶ年齢になります
ぼくはいまの年齢(とし)に爪先立ちとなりながら
しかしか思うのです
多分あなたも
この思いの前に一度は佇(た)ったことでしょう

人は
人生の頂点に差しかかると
諸事(こと)が思うように運ばなくなることを
加齢が原因だと思い込みます

へなへな
よたよた
とぼとぼ
ふうふう
ぼうぼう

これを惚気(ほうけ)と言いますが
ここまでは、まだまだと
当分まだまだと
そこで安堵の一服を
ぼくなどは試みるのです

と、こんな思いで背筋を伸ばしたりはしませんでしたか
よろしい
あなたもぼくも
このことに、羞じらいもなく胸が張れる間は
老春壮(さか)んと言うことでしょう
もはや忙(せわ)しく足を運ぶことも
ネクタイに悲鳴を上げることもありませんな

ぼくの米寿は
目下しきりと、痛い足踏みをしているところです

（2017・8・16）

猫の人格

――猫が死にましてねぇ
あの人間で言えば百歳の猫が……
――そうです。あの猫が昨年末死にまして
まだ四十九日をやっていませんが……
七七忌ですね
――そうです、そうです
猫の主人の表情は冴えない

人の生命と分かちがたい縁の重みが
主人の溜息に、深く潜んでいる
老猫の介護と癒しの日々に思いを馳せ
襟許合わせる程の昂ぶりがある

猫の分際が
人と変わらぬ生命の色合いと陰翳を作って
主人の眦に宿っている
猫はすでに
喪服は着用していないが、人格を身につけていた

不思議な人
——穂積生萩*の決断——

不思議な人だ、貴女は
癌になったら絶食が良いと言う
癌菌が餓死するというのだ
風邪をひいたら物を食べないと言う
水をしこたま飲んで、胃を
そして胃に蟠踞（ばんきょ）する感冒ウイルスを
洗い流してしまうというのだ
娘も私も、そのように生きて来たと言う
その貴女が
ぼくの喘息を気遣って
いろいろと忠告を惜しまない

ぼくの、生命の分量からいうと
まだ七分目か八分目あたりだから
そう簡単にどうなるというものでもない
と、ぼくは思うのだが
いじいじと、わけも分からぬ注射よ
気管支拡張剤よ、もないものだが
でも絶食だの、水を鱈腹呑めと言われたら
ぼくはどうしようかと迷うのだ
貴女は貴女で
科学はまやかしだから
西洋医学に頼るなと強く言う
そして食あたりも水当たりもせず
貴女は潔（いさぎよ）くアルツハイマーを選択した

（2015年　夏）

＊　我が畏友。国文学者折口信夫（歌人釈迢空）の愛弟子で、歌人。短歌誌「火の群れ」主宰。

狼狽(うろた)える

家内が女で
三人の娘が女で
その三人の、娘の子どもも五人は
揃って、みんな女である
その孫の中で
一番先に結婚した次女の娘に
この霜月二十三日の夕刻
子どもが産まれた
産まれた子は、男子であった

これは、事件だ

予想も夢想もしない
どう転んだって
間違いなく女の子の出生ばかり
信じて、諦（あきら）めて疑わなかった
我が家族の面々
本人でさえ、そのつもりであった
この世に
わが家系から
男子の出生を得るなどとは
狂ったか、本真（ほんま）に立ち還ったか
嬉しいんだが
欣（よろこ）んでいいんだか
万歳すべきか
なんだか臍の廻りがむずむずして
そこから笑いがこみ上げてくる趣（おもむき）で
居ても立ってもいられなくて

やたらに、周囲（まわり）の人の肩を叩きたくなって
口に手をやっていないと
大声が出そうで
どうだい、家にも男がいるぞと
近所へ触れて廻ってみたくて
どうしようどうしようと思ったりで
座っているのがつらくて
駆け出したくなって
やっぱり座ってしまった

これは事件だ
とにかく一番先にやることは
「女系家族」の看板を下ろすことだ

（2017・11・23）

ああちゃん*の心遣い

ああちゃんが、初めての給料で
ぼくに酒を買ってくれた
二〇一三年第五回燗酒コンテストで
全国四百三十二銘柄の中から金賞を射た
本醸造清酒九百ミリリットル

給料表、「医㈡一級一七号給」
給料月額二十万四千円
共済費やら税金などの控除額を差し引くと
手取り十六万八千七百四十六円

これから先の、ああちゃんの遠い人生の

最初の心遣い
有頂天になって呑む訳にはいかない

永いながい人生の
最最先端まで走り切ったぼくにとって
これで一息吐くなどという
卑しい浅慮に甘える訳にはいかない

はて、さて
どうしたものか
嬉しい養命の一献、この路頭の迷い
（2014・4・6は、ああちゃんの初給料日）

＊ 孫娘の愛称

四　良寛春秋

良寛春秋

（声）　良寛さん、良寛さん
良寛　はい、はい
　良寛は只今留守でございます
　良寛は、村の子供衆と手鞠をついておりまして

（春のうた）

国上五合庵に梅の香立てば
香り抱えて鶯親子
険しい山間　分け啼き渡る
庵主鞠下げ里へと下る

（夏のうた）

赤松（まつ）や檜（ひのき）を零（こぼ）れる日射し
肌襦袢（じゅばん）の袖から滴（したた）る汗に
鉢の子抱いた庵主は昼寝
野猿（さる）も木陰で夢結ぶ

（秋のうた）

夜露白露のど癒す虫の
研ぎたて鎌の切れよい音色
作歌（うた）も読経も弾んだままに
侘びしき今日の日　別れは晴れか

（冬のうた）

明けを待てずに　長岡旅立（た）って
良寛恋しや　貞心尼
深山（みやま）踏み分け島崎（しまざき）村差せば
庵主　嚏（くしゃみ）で出迎える

うらをみせておもてをみせてちるもみじ（良寛（りょうかん））

空蟬（うつせみ）

一、一筆しめしまいらせ候（そろ）
今日、蜩（ひぐらし）が鳴きました
夏の終わりのお告げです
去りゆく歳月（とし）の早いこと
あなたにお障（さわ）りなきように

二、さはさりながら淋しく候
いつか箱根の出湯（ゆ）に遊び
長瀞、舟で漕ぎくだり
渡月（とげつ）の橋で月を賞（め）で――
あれから沙汰無き日々ばかり

三、空蟬の身は覚悟に候
陽炎生命短くて
燿き求めた若き日の
夢幻を追う哀れ
あなたやあなた、あらかしこ

仮睡（うたたね）

一、仮睡の目覚めや淋し
温（ぬく）もりの人の言葉に
気遣いの気配なければ
再びは眠れぬものを
長き夜を如何に過ごさん

二、何日（いつ）かまた会わんと約し
別れ来し乙女は何処
二年（ふたとせ）も三年も逢わで
髪におく飾りや如何に
色褪せて髪に添わずや

三、巡り来る春に巡りて
　再びの心通わせ
　明日の無き今日の日に倚り
　小さくとも命を点（と）もし
　消えぬ程命を灯し

四、手を執りて旅に誘（いざな）い
　山路分け深きを分けて
　行き行けば　峠となりぬ
　見渡せば里家は遥か
　この天地　二人のものと

五、仮睡の目覚めや淋し
　仮睡の淋し目覚めや

（2014・11・23）

片栗のうた

一、あなたをお慕いしています
この言の葉を言いそびれ
自責のあまり裏山の
木の下草を分け入れば
淡い紅紫の片栗草

二、はずんだ呼吸を羞じらって
見れば六弁つつましく
外反深く項垂れて
寂しく咲いたいじらしさ
週日の生命を秘めたまま

三、胸に落としたこの思い
人足(ひとあし)絶えた裏山は
山鳩ホロホロ鳴くばかり
頷(うなず)き返す片栗の
深き憂(うれ)いに問(と)うてみる

四、あなたをお慕いしています
もう再びは言うまじと
心に決めた夕暮れは
髪に優しい片明(かたあ)かり
風も哭(な)かない片明かり

あとがきにかえて

生命を託した先は、愛

ぼくにとって詩を創造することは、ぼく自身を生きるという精神的、生理的、物理的行為、生き態であって、それは呼吸をし涙し笑い打ち拉(ひし)がれているぼくそのものだと思っている。

だからここを、まだまだ道半ばと心得、焦がれて心急ぎの重い脚を拾いながら、遁(に)げ惑う言葉を懸命に追いかけ続けている。

どうにか摑まえた若干(そこばく)の言葉を拾い集めて、呼吸器障害のかゝ細い息遣いの中で漸(ようよ)う纏(まと)め上げた、これは言わば瀕死の歌である。

瀕死ではあるが、これはぼくの生きる歌だ。生きるからには、その先に望みに繋がるものがあるから、だからそこに生命を渡している。

生命を託した先を気障(きざ)と言われてもいい、「愛」だとぼくは思っている。「愛」だと信じて疑わない。

花里鬼童

二〇二〇年皐月十四日

著者略歴

花里鬼童（はなざと・きどう／本名・竹内正直）

一九三〇年　東京に生まれる
一九五三年　山梨詩人集団を創立、代表となる。　短詩型の全国文芸誌「ぶどうの実」創刊
二〇〇一年　虹の詩文学研究会主宰、季刊詩誌「虹」創刊（既刊68号）

著　書　一九五七年　入門書『農村の詩・短歌・俳句つくり方入門』農山漁村文化協会刊（共著・澁谷定輔、山田あき、栗林一石路、花里鬼童）
一九五八年　詩論集『生活の発見　1～2集』千葉県農業技術課・千葉県農村中堅青年養成所刊

詩　集　一九五一年　『明日集』花里鬼童詩集刊行会刊
二〇一〇年～二〇一八年　『結露』、『春の雪』、『風花』、『春宵』、『夢のゆくへ』（以上、けやき出版刊）、『葩の闌りのままに』（私家版）、『風の落としもの』（文芸社刊）

所　属　日本現代詩人会、日本詩人クラブ
山人会、山梨文芸協会、山梨詩人会

詩集　流鶯（りゅうおう）

発　行　二〇二〇年八月一日

著　者　花里鬼童
装　丁　直井和夫
発行者　高木祐子
発行所　土曜美術社出版販売
〒162-0813　東京都新宿区東五軒町三—一〇
電　話　〇三—五二二九—〇七三〇
FAX　〇三—五二二九—〇七三二
振　替　〇〇一六〇—九—七五六九〇九
印刷・製本　モリモト印刷
ISBN978-4-8120-2581-9　C0092
© Hanazato Kido 2020, Printed in Japan